Disney · PIXAR

# HISTOIRE DE JOUETS

# Une aventure terrifiante

Publié aux États-Unis par Golden Books, une marque de Random House Children's Books, division de Random House, Inc., 1745 Broadway, New York (New York) 10019, et au Canada par Random House of Canada Limited, Toronto, en collaboration avec Disney Enterprises, Inc.

Publié par Presses Aventure, une division de
**Les Publications Modus Vivendi Inc.**
55, rue Jean-Talon Ouest, 2e étage
Montréal (Québec) H2R 2W8
CANADA

Publié pour la première fois en 2011 par Random House
sous le titre original *A Spooky Adventure*

Traduit de l'anglais par Emie Vallée

Dépôt légal — Bibliothèque et Archives nationales du Québec, 2011
Dépôt légal — Bibliothèque et Archives Canada, 2011

ISBN: 978-2-89660-342-8



Nous reconnaissons l'aide financière du gouvernement du Canada par l'entremise du Fonds du livre du Canada pour nos activités d'édition.

Gouvernement du Québec — Programme de crédit d'impôt pour l'édition de livres — Gestion SODEC

**Imprimé au Canada**

# Une aventure terrifiante

Écrit par Apple Jordan

Illustré par Alan Batson et Lori Tyminski

Woody et ses amis aiment leur nouvelle maison. Bonnie adore jouer avec ses nouveaux jouets.

Le jeu favori de Bonnie

est de jouer

à la pâtisserie…

hantée !

Un jour de pluie,
Bonnie et sa famille
quittent la maison.
Les jouets sont seuls.

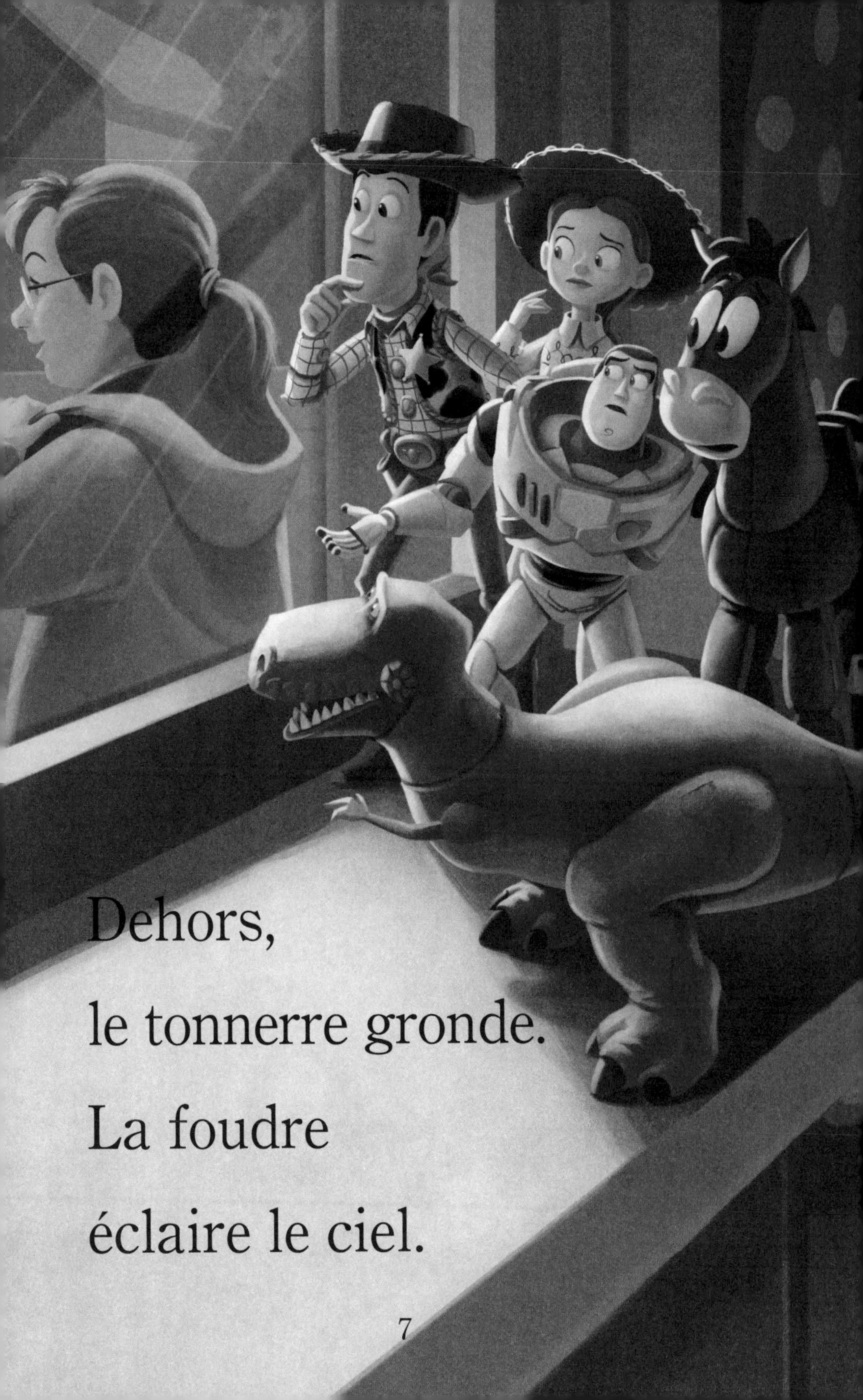

Dehors,

le tonnerre gronde.

La foudre

éclaire le ciel.

M. et M$^{me}$ Patate sursautent. Bourrasque se cache dans un tiroir.

Slinky regarde

par la fenêtre.

Rex dit que

la maison est hantée !

Jessie se serre contre Bourrasque. Buzz allume sa lampe laser. « La maison n'est pas hantée », dit Woody.

Les vieux jouets
vont le prouver
à leurs nouveaux amis.

Rex regarde sous le lit de Bonnie. Il voit des monstres !

Mais Trixie dit

qu'il n'y a pas

de monstres.

Elle rampe sous le lit…

Trixie pointe les monstres de Rex. Ce ne sont que les pantoufles de Bonnie !

Les jouets entendent
gratter à la fenêtre.
Bourrasque se cache
derrière Woody.
Est-ce un fantôme?

Bouton d'Or tire
les rideaux.

Ce n’est pas un fantôme,
mais le cerf-volant de
Bonnie qui s’est pris
dans l’arbre !

Bientôt, les jouets

entendent un bruit

qui fait peur.

Hou, hou, houuuuu !

Hamm dit que
c'est un lutin.

Buzz et Woody
mènent leurs amis
dans l'entrée.

M. Labrosse

remonte la toile...

Ce n’est pas

un lutin : c’est

un hibou qui hulule !

Boum ! Les jouets entendent un bruit qui vient de la cuisine.

Les jouets vont
à la cuisine.
Rictus leur dit
d'être aux aguets.

Mais Woody
n’est pas inquiet.

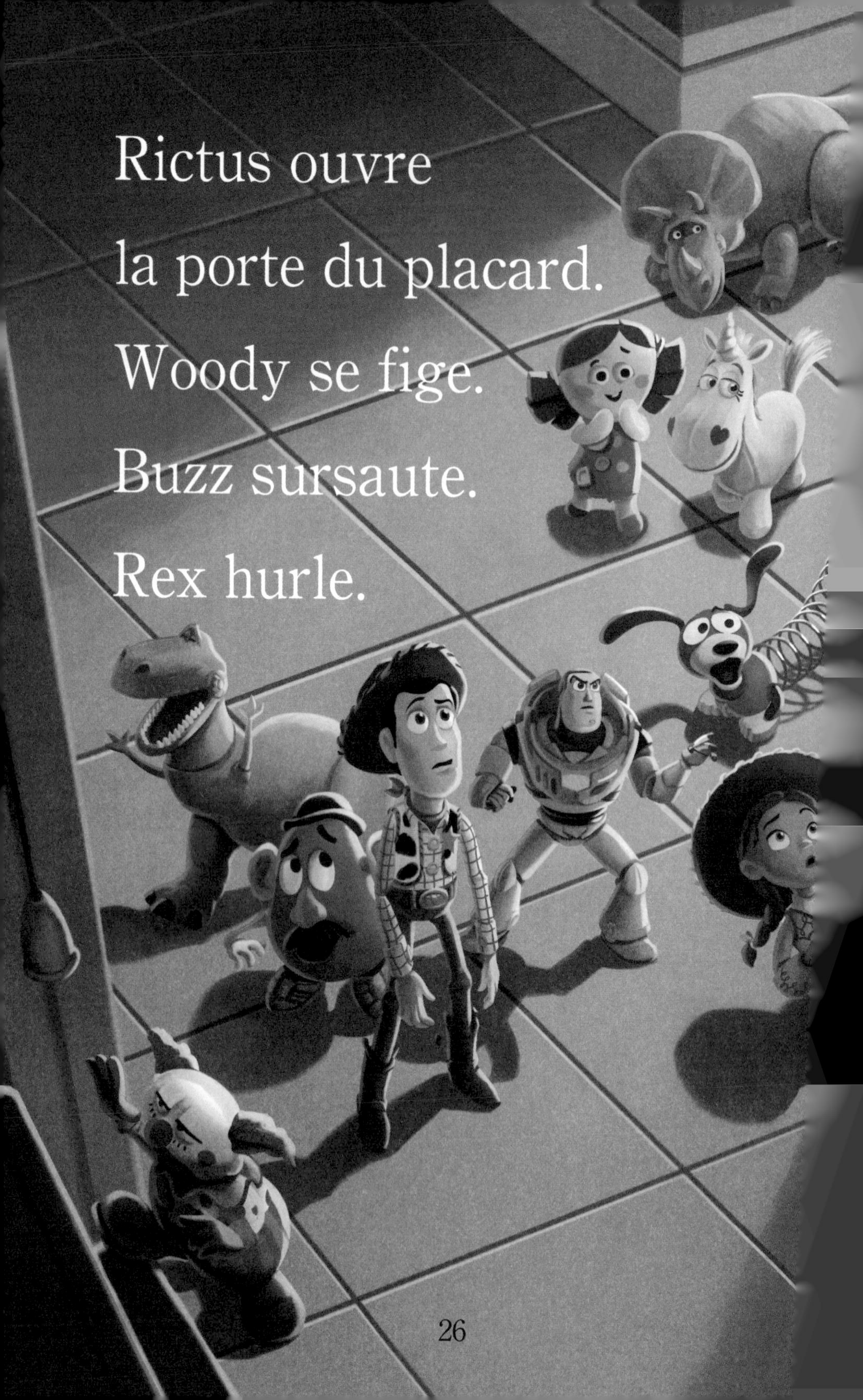

Rictus ouvre
la porte du placard.
Woody se fige.
Buzz sursaute.
Rex hurle.

Il y a un dragon
dans le placard !

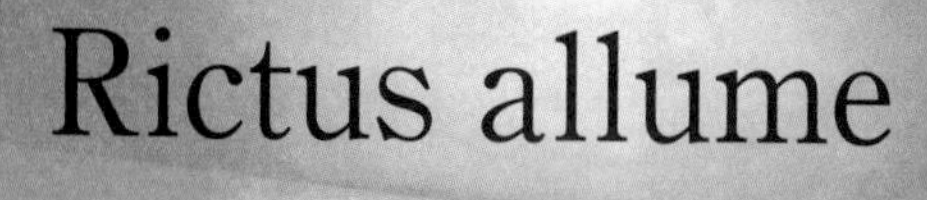

Rictus allume
une ampoule.

Ce n’est pas un dragon !
C’est une vieille
serpillière.

Tous les jouets rient.

Il n’y a pas de monstres.

Il n’y a pas de fantôme.

Il n’y a pas de lutin.

Il n’y a pas de dragon.

La maison de Bonnie

n’est pas hantée.

Mais parfois, elle semble un peu étrange...